만져보세요, 가슴이 뛰어요

만져보세요, 가슴이 뛰어요

만져보세요, 가슴이 뛰어요

만져보세요, 가슴이 뛰어요

만져보세요, 가슴이 뛰어요

시아시인선 **019**

만져보세요, 가슴이 뛰어요

김영곤 시집

초판인쇄일 | 2021년 10월 25일
초판발행일 | 2021년 10월 30일

지은이 | 김영곤
펴낸이 | 김명수
펴낸곳 | 도서출판 시아북(詩芽Book)

출판등록 | 2018년 3월 30일
주소 | 대전광역시 동구 선화로214번길 21(3F)
전화 | (042) 254-9966, 226-9966
팩스 | (042) 221-3545
E-mail | daegyo9966@hanmailnet

값 10,000원

ISBN 979-11-91108-24-8

* 저자와의 협의에 의해 인지를 생략합니다
* 잘못된 책은 바꿔드립니다
* 이 책은 서산시인협회 후원으로 발간되었습니다

만져보세요, 가슴이 뛰어요

김영곤 시집

시아북
詩芽BOOK

시인의 말

문단에 등단한 지 20년이 지나
서산시인협회의 도움으로 4번째 시집을 낸다
부끄러운 일이다
그러나 어쩌랴
그것이 나의 역량인 것을
시의 본성은 어디 가고
자연을 베껴 색칠한 어린아이 마음이다
모두에게 고마움을 표하고 싶다
가장 가까이 계신 나의 하나님께 특별하고 싶다

2021 가을에

김영곤

제1부

제2부

제3부

제4부

제1부

봄비 내리는 날

들리지 않게
무게도 없이
마음속 끈적하게
이끌림이 있어
한 발짝 두 발짝
봄비에 희석되었나
반가움의 그림자
언뜻 지나가고
발름발름 나그네
배회하고 있다가
봄비 되어 그대 창문
두드리고 있네요

6월이 오면

눈뜨면 파란 하늘
동그랗게 보이니
마음도 파랗고 둥글다
평생을 하늘만 바라보니
하늘 닮는 마음 어디가랴
하늘은 지구의 어른
큰 가르침이다
아 날아가고 싶다
6월의 바람 타고
푸른 하늘 두둥실
여름 바람 샘솟는
백화산 금강산 묘향산
용현계곡 골짜기
백제의 미소
흩날리는 곳에서
천년의 미소의 비밀을
면면하게 찾아보고 싶다
신록 짙은
6월이 오면

주인공

장미꽃
함박꽃
노란 목단도
마나님 물조루에
시들고 화사하고
변하는 모습을 보았지요
물이 밥이지요
태양이 영양제지요
공기가 숨구멍이지요
세상에 잘난 것은 없지요
살아 있음이 잘난 것이지요

詩나무

과일 나무들이
주렁주렁
이름을 걸고
매달린 열매들은 얼마나 아름다운가
일찍이 시의 나무를 키워왔지만
시의 열매를 충실하게 매달지 못한
게으름 때문에
오늘도 나는 방황하고 있다
한곳에서 일생을 산다는 것은
열매를 매달은 것이다
바다 하늘 산
자연에 나무
풀 한포기
제자리에서 사명을 다하고 있다
어쩌다가 한곳에서
시의 나무 바로 키우지 못하고
공중에 시의 열매 맺기를 원하는가
후회해도 소용없는
철지나고 나이만 가득 찬
어린 시인 나무야

한 지붕 두 가족

같은 뿌리인데도
백일홍 다르고
맨드라미 다른가

같은 뿌리인데도
사과 열리고
복숭아 열리는가

뿌리는 같아 보여도
피는 꽃이 다르다

뿌리는 같아 보여도
열리는 열매가 다르다

같은 흙속에 자랐어도
영근 알곡만 자라는 것이 있고
빈쭉정이만 자라는 것이 있어
의문이 많다

윷놀이

새해 정월달에
식구들 모여
윷놀이 한다

도 개 걸 윷 모

네 윷가락 던져
도가 나면 돼지
한 칸 건너고

윷 네가락 던져
개가 나면 개라
두 칸 건너고

걸은 걸
양이라 세 칸 건너고

윷은 윷
소라 네 칸 건너고

모는 모
말이라 다섯 칸 건너고

규칙을 정해
딸은 엄마 편 이겨라
아들은 아빠편 이겨라

시간 가는 줄 모르는
윷놀이

무료와 유료

눈부신 햇살
맘대로 사용하지만 무료

신선한 공기를 마음대로
들이마시고 내쉬며
사용해도 무료

엄마사랑 아빠사랑
그것도 당연히 무료

앞마당에 핀 꽃들의
향기도 무료사용이라며
벌 나비 나풀나풀 윙윙

엄마 심부름 다닐 적마다
내미는 두 손

아빠 심부름 할 때마다
내미는 두 손

심부름 값 받을 때
참 기뻐요

잎과 입

잎은 많고
입은 하나다

잎은 한결같은 마음이고
입은 수시로 변한다

잎은 때가 되면 떨어진다
입은 끝까지 붙잡는다

잎은 나무들이고
입은 사람들이다

아무리 생각해봐도
입은 잎을 닮아야겠다

소나무

소나무야
소나무야
조상들이 심어논
제일 많은 소나무야
하늘보다 푸르고
바다보다도 푸르구나

제일 작은 소나무
바위를 뚫고
제일 큰 소나무
하늘을 찌르네

소나무야
소나무야
조상들이
물려준 제일 많은
소나무야

언제나 푸른 꿈
마음속에 심어주네

둥근 세상

너희들 하늘 아래서
둥글게 살아라

너희들이 먹는 열매
한결같이 둥근 것은
하늘을 쳐다보고
열매 맺기 때문이다

하늘 아래서 실하게
열매를 맺으려면
하루에 한 번쯤
둥근 하늘을 쳐다보라

말소리 뿐이랴
행동하는 모든 것
둥근 희망의 삶

싹이 터서
어느샌가

무럭무럭
둥글게 둥글게
자라는 것을

이름

만물은 이름이 다 있다
아무리 작을지라도
이름 하나 갖고 산다

이름이 모든 것을
말해준다
작은 새싹이라도
쑥 싹을 보고는
쑥 나왔다고 소리친다

겨자씨 같은
작은 나의 믿음도
쑥 이름 처럼
쑥쑥 자랐으면 좋겠다

수박

한 여름
얼룩무늬 군사옷 입고
밭에 숨어 지내다가
아버지한테 딱 걸리어
주방까지 붙들려온 너
너의 정체가 궁금하다

똑똑똑
네 안에 무엇이 들어있니
칼 들었다고 놀라지마라
칼 끝 대기도 전에
쩍 벌어지며
붉은 가슴 내놓는데
웬놈의 까만 총알이 다닥다닥 박혀서
붉은가슴 물들이고 있나

너 여름내 얼마나 많은
고통을 겪었니
칼 쥔 손이 멈칫하며
떨린다

선풍기

나도 선풍기처럼
쌩쌩 돌아가며
바람을 일으키고 싶다

벌레들이 접근 못하도록
바람을 일으키고 싶다

나도 선풍기처럼
누군가에게
시원한 바람이 되고 싶다

여름철에 선풍기는
꼭 필요한 선물이다

나도 계절에 꼭 필요한
선풍기 같은 사람이 되고 싶다

나무는 사람이다

그리움을 뿌리로 가지로
뻗어가는 정 깊은 사람

외로움을 바람으로 맞아
이리 흔들리고 저리 흔들리면서
세상의 이치대로 살아가는
나무는 정직한 사람이다

새벽안개 눈물로
다 받아드리고
안으로 안으로
숙성시키다가

해 뜰 때 비로소
새롭게 시작하는
반짝이는 사람이다

숨바꼭질

장마철
비가 종종 내렸다
땅속의 지렁이가
꿈틀꿈틀 기어나왔다

감히 어딜
구름사이로 햇볕이 쨍하자
지렁이는 낚시바늘처럼
말라 구부러져
항거하듯이 죽고 말았다

내 종아리를
모기가 물고 있다
손바닥으로 내려쳐
죽은 모기는
저 죽을 줄 알았을까

비 올 때 땅 속에만
있지들 말고 세상 밖으로

나오라던 지렁이
저 죽을 줄 생각했을까

누군가가 내위에서
나 몰래 큰 손으로
내려치려고 망보는 것은 아닐까

지금 이순간에도
숨어 있는 것들이
얼마나 많은가

구름

하늘의 생각들을
그려내는 그림

움직이는 구름은
변화무쌍하다

소나기 구름 옆구리에
쌍무지개 사다리를
숨기기도 하고

메마른 대지
촉촉히 적셔
농부들 마음
기쁘게도 만든다

바다 구름 산 구름
고향 구름 타향 구름

구름을 보면 하늘의
큰 마음을 알 것만 같다

하늘을 달리는 자전거

하늘 올라가는 자전거를 타고 싶다

자전거 앞쪽엔 꽃바구니
뒤쪽엔 천사 공주 태우고
공중에서 페달 밟는 소년이 되고 싶다

공중에서 내려다 보이는
푸른바다 푸른 숲 아름다운 강산

힘차게 하늘로 올라가는 자전거
지구와는 멀어져
하늘 나는 자전거는
마침내 보이지 않네

지금도 페달을 밟아
구름속 다리 건너고
은하수 정거장 아직 멀었네

고추잠자리

한여름 뜨거운데
고추잠자리
꼬리를 물고서는
재주도 좋다

공중에서 춤추는
고추잠자리
넓은 마당 좁다고
뱅글뱅글 돈다

고추밭에 고추잠자리
날아다니니
한가하고 평화스럽다

건너편 우거진 숲
거미줄에 걸리지 마라
한탕하여 먹고 살려는
보이지 않는 그물이
세상엔 많단다

고추잠자리

모른다며

맴 맴 맴

내 동생 울린 모기

파리채를 잡았다
모기는 못잡고
파리만 잡았다

모기란다
내동생 울린 놈이

모기는 천장에
붙어 있어서
키가 닿지 않는다

내동생 울린 모기
꼭 잡고 말테다
모기는 모기는
정말 싫은데

앵앵 사이렌 울리며
모기가 움직이는 소리 들린다
나타나기만 해봐라

파리채 잡은 손이
힘이 불끈 솟는다

물과 불

물과 불이 만나면
서로 으르렁 거리며 싸웠다
물이 더 힘 세다고
불이 더 힘 강하다고

불이 모든 것을
태워버릴 수 있다고 말하면
물은 태워버린 자리 흔적도 없이
지워버릴 수 있다고 맞짱을 떴다

물과 불은 같이 살 수가 없다
싸움이 끊이질 않는다

물과 불은 만나지 말아야 한다
세상은 물과 불같은 사람이 많다

가출한 영철이는 간혹가다가
생각을 한다

혹시 엄마 아빠도
물과 불이 아니었을까

제2부

잠자리 날개

만약에 말야
내 몸에 날개가 생긴다면
잠자리 날개를 달고 싶다
눈에도 잘보이지 않는
투명한 잠자리 날개

천사의 날개 옷 같은
가볍고도 무척 질긴
날 잡아 봐라 날 잡아 봐라
소리치며 학교 운동장
빙빙 돌며 철봉 위에서
뜀뛰기 하고 싶다

내 몸에 날개를 달아 준다면
가볍고도 질긴 잠자리 날개
달아 주세요

호하고 살알살

비눗방울 날린다
동생이 만든 비눗방울
작은 방울들 포르르

내가 만든 비눗방울
황소 눈처럼 크고
둥글둥글하다

컵을 바꾸잔다
컵을 바꾸어도
비눗방울은 크기는 다르다

바람을 호하고 부는 것과
후하고 부는 것 차이

모든 것에는
맞춤이 필요하다

비눗방울 만들때
후하고 불지 말고
호하고 살살 부세요

호하고 살알살

보이지 않는 것들 사이로

안개는 괴물
캄캄한 밤중보다도
더 무서운 안개

안개속의 불빛은
안개가 잡아 먹는다
안개속의 목소리는
안개가 잡아 먹는다

안개가 모든 것을
삽시간에 포위 하였다

높은 산
봉우리부터
산허리 안개를
걷어 올린다

마을 안길
가득했던 안개들이

연못에 숨자
금방 피어난 연꽃만
태양빛에 방실거린다

날 부르는 고향 바다

서해바다
고향바다
오라 오라
날 부른다

동해바다
고향 바다
남실 남실
날 부른다

고향 바다는
밀물과 썰물이 생겨
바닷속을 보여준다
썰물 때 조개 잡고
밀물 때 수영도 한다

물결 잔잔한 고향 바다
그 속에서 놀던 때가
엊그제 같다

여린 살 알배도록
자란 바닷가
내 고향 서해바다
안방 아랫목

별

낮에는 출장 갔다
밤에만 돌아오는 별
별나라 이야기가 궁금하다

밤이 어두울수록
별들의 눈은 더욱 초롱초롱하니
나더러 어쩌란 말이냐

별들의 글씨 바로 못 읽고
별들의 말도 못 알아 듣네

별똥별 떨어진 곳
찾아가다
하늘 얘기
들어도 시원치 않아

내 친구 이름을 불러 봅니다

불볕더위

파란 나뭇잎들은
말린 푸장나무처럼
시들시들하고

고목나무 속에서
잠을 자던 매미들도
지쳐울다가 잠이 들었다

빨간 고추밭에
고추잠자리들만
불볕더위를 파도타며 즐기고 있다

꼬리를 물고
물고 또 물고

고추밭 주위만
맴 맴 맴돌다 지친 하루

친구

지금 이순간에도
무엇하고 있는지
궁금한 사람이
친구입니다

내 시험지 빵점 맞고
백점 맞은 것
제일 먼저 알려주는
사람이 친구입니다

맛있는 것 먹을 때
같이 먹었으면
생각나는 사람이
친구입니다

큰 학교로 전학갈 때
같이 가고 싶은 아이가
친구입니다

오늘도 보고 내일도 보는데
또 보고 싶은 사람이 친구입니다

나도 그런 친구로
누군가에게 남고 싶어요

미혜처럼 다이어트

부모님이 나보고 살 빼라며
군것질도 하지 말고
가공음식물 먹지 말고
컴퓨터만 붙잡지 말고
바깥에 나가서 운동좀 하라고 야단치셨다

나도 내짝궁 미혜처럼
날씬하고
피부도 하얗고 싶은데
그게 맘대로 되나요

조금만 걸어도 숨이 차고
컴퓨터 게임하고 싶은데
살빼는 것 나중에 하면 안 되나요
내일 부터 한끼씩 굶을게요

굶으면서 하는 다이어트는
다이어트가 아니예요
그저 건강만 해라

때가 되면
자연적으로
살이 빠지는 법이니까
나는 할머니 말씀을 믿어요

틀린 것과 다른 것

우리 학교에는
착한 어린이와
나쁜 어린이가 있다

그러니까
일년에 한번씩
착한 어린이
표창을 하지

착한 선행상
받아 보지 못한
나는 솔직히 슬프다

그렇게 나쁜짓도 안 했는데
거짓말 한 것도
기억이 없는데

선행상 받은 효숙이는
할머니와 같이 산다고 했다

선행상 받기까지
얼마나 힘들고 어려웠을까

효숙이는
참 선행상 받아 마땅해
공부도 잘하지 이쁘지
말도 잘하지
봉사직도 도맡아 하지

나 하고는 달라
달라도 많이 달라

스케이트 타러가는 날

토요일 날
스케이트 타러 가자고
친구들과 약속을 했다

씽씽씽 신나게
얼음 지치는
모습들이 그려졌다

그러나 큰일 났어요
그동안 날씨가 따뜻해서
스케이트장 얼음이
완전히 녹아 버렸어요

아 아
실망이 말이 아니지요
모처럼 약속한 스케이트장

가보지도 못하고
실망한 친구들의 모습은

지금 내 모습일까

하늘의 조화는 정말 신기해
그러니까 믿고
다음 토요일 기다려야지

만져보세요, 가슴이 뛰어요

우리나라 팀이
잘 싸워
골을 넣을 땐
손뼉치고 신이나서
야단이지요

아슬아슬하게
공을 주고 받으며
경기를 하다가
우리나라가 골을 넣으니
벌떡 일어나 우리나라 만만세를 외치지요

월드컵 축구 경기를 보며
축구 선수가 되고싶다
우리나라에서
제일가는 축구선수

정말이에요
지금도 가슴이 뛰지요
만져보세요

꽃들의 생각

노란꽃 핀 개나리는
노란 병아리
생각을 하고

빨간꽃 핀 접시꽃은
고개 넘어
시집간 누님 생각을

빨간꽃 핀 장미꽃은
왕관 쓴 왕비 생각을

노란 달맞이꽃
달님 생각을

환하게 잘웃는 해바라기
찬란한 태양 생각을

국민체조

국민 체조 시작
하나 둘 셋 넷
자연 마을 앰프소리에 맞춰
팔 머리 몸통을 내두른다

숨고르기 운동까지
국민 건강을 위하여
나라에서 실시하는
국민체조 시간은 즐겁다

찬란하게 떠오르는
햇님과 함께
할아버지 할머니
아버지 어머니
누나 동생
마당에 나와

헛둘 헛둘
헛둘 헛둘

가장 행복한
국민 체조 시간

미루나무에서
까치가 깍 깍 깍
전봇줄에서
비둘기가 구 구 구
누렁이는 팔딱팔딱
햇님은 방긋방긋

내 마음속 선생님

나 학교 가기 싫을 때가 많았다
컴퓨터도 못하지
책 읽기도 더듬거리지

솔직히 울고 싶을 때도 많았지만
그래도 꾹 참을수 있었던 것은
내마음속 선생님이
늘 나를 지켜주셨기 때문이지

공부 열심히 하고 부지런하면
가난은 얼마든지 극복할 수 있다고

비오는 날
친구들 아빠들이 자가용으로
학교에 실어다 주는 것도
솔직히 부러웠고
그 친구들이 괜히 밉기도 했지만

출근길에 교통사고로 돌아가신
아버지 원망은 안 할래요
붕어빵 장사하는
어머니가 더 불쌍 하니까요

내 마음 속 선생님은
어쩌면 돌아가신
아버지 같아요
아버지 열심히 살게요

어머니께 효도하고
잘 모실게요

담배 가게 아저씨

담배가게 아저씨는
담배를 팔 때마다
고민이 많다

학생인 것 같아
나이를 물어 보면
후다닥 도망가기도 하고

주민등록증 보여 달라면
더러워서 이 가게는 다시는 안 온다며
소리 지르곤
냅다 나가 버렸다

담배 가게 아저씨는
담배를 팔 때마다
망설여진다
고민이 많다

건강에 해롭다는
담배는 왜 생산하는지

풀

풀-하고
길게 불러 보면
나 여기 있어요
하곤 쏘옥 나올 것만 같다

풀- 하고
길게 불러 보면
고사리 손들이
하늘하늘 거릴 것만 같다

풀- 하고
길게 불러 보면
연노란 새싹들이
나란히
나란히
줄 서는 것만 같다

땅콩밭

세상에 땅콩을
많이도 심었네
전봇대 다섯개 지나는 동안 계속해서 땅콩 밭이다

전봇줄에 앉아
빼꾸기 빼빼꾹 맛있겠다
까치 깍 깍 찍어내고 싶다
비둘기 구구 까먹고 싶다

땅콩들은 다 듣고 있다
검은 비닐속에 땅콩들이
알차게 여물어 갈 때면

전봇줄 위에서
까치는 깍 깍 영글기만 해봐라
비둘기는 구 구 구 빼먹는 기술있지
빼꾹새는 빼꾹 빼꾹
나는 망을 볼게

땅콩밭 주인은 아는지 모르는지
어느 날 참대미 다섯 개에
소리개를 매달았다

두 주먹

내 주먹 크기는
하늘보다 엄청크다

두 주먹으로 눈을 가려 봐
하늘이 하나도 안 보여

두주먹 활짝 떼내면
파란하늘이
나 여기 있다

빛나는 태양이 눈부셔
한 주먹으로 가린다

뭐 두 주먹 다 쓸 필요도 없네

신호등

횡단보도 앞에서
등이 아니야

파란 눈 크게 뜨고
‘어서 와’
부르면 건너야하고

빨간눈 부릅 뜨고
‘오지마’하면
가던 길도 멈춰야 해

‘신호등 안 지키면 큰일 나’

내 짝궁 미지도
병원에 입원했잖아

방패연

실줄을 타고
공중으로 올라가
고개를 갸우뚱 갸우뚱
연 주인을 내려다 본다

삼촌이
군대 가기 전에
선물로 만들어 준
방패연
모습이 새롭다

내 마음을
알고 있는지
더 높이 올려 달라고
팽팽하게 연줄을
잡아 당긴다

삼촌 얼굴이
부엉 떠오르며

연줄을 풀어준다
두둥실 높이 떠서
공중 곡예를 한다

삼촌이 만들어 준 방패연
삼촌이 보고 플때면
언제 든지
공중에 그리운 연 하나 띄운다

연기 1

타오르는 연기를 보면
불지핀 사람의 심성을
알 것만 같다

심성이 부드러운 사람이
불 붙인 연기는
낙엽이나 마른풀 같은 것을 태우기에
연기가 김 나듯이
모락모락 솟아오른다

심성이 까칠한 사람이 태우는 불은
연기가 한꺼번에 시작되어
시커먼 연기만 나온다

불 놓은 자리에서 솟아오르는
까만 연기를 보며 아무거나 태워서는
큰일 나겠지

공해가 따로 있나
함부로 아무것이나 태우는 연기
양심을 속여서는 안 되지

제3부

엘리베이터

일일이 계단 오르고
내려가는 것 편하라고
곳곳에 설치한 엘리베이터
참 간편하고도 오르기 쉽다

그냥 양발을 살짝 올려놓으면
스륵 사르륵
목적지로 올라가는
엘리베이터

주일날 예배당 가시는
엄마 아빠한데
천국가는 엘리베이터
타보셨느냐고
여쭈어봐야겠다

천국 올라가는
엘리베이터 스위치 한 번
누르고 싶다

코스모스

코스모스처럼
허리가 가늘고
이쁜 해옥이는
코스모스를 사랑했네

살랑살랑 난창난창
키흔들며 한들한들
피워낸 코스모스
꽃잎 여덟 이파리
세어보네

여덟 이파리
가운데 하나씩
네 개 떼어내
공중에 휙 던지면
팽그르르 돌면서
멋지게 떨어지네

코스모스는
혼자 있어도
외롭지 않아

해옥이가 오면
반갑다고 살랑살랑
헤어질 땐 또 보자며
둘레둘레 안녕

담쟁이

벽에다 그려 놓은
살아 있는 포스터

물감이 있는 것도 아니고
페인트가 있는 것도 아니네

한번 마음 먹으면
저 높은 담도

하나 두울 하늘거리는
담쟁이 이파리

나 살아 있다
억척 같이
포기란 없다

담쟁이 군사
납짝 엎드려
높은 담벽을 오르려
숨 죽이고 있네

황금열쇠의 꿈

너희들 기억나지
할아버지의 할아버지
아버지의 아버지가
꿈꾸워 왔던 무지개 꿈

하늘에다 걸어 논
일곱 대문 꽃집
빨강 주황 노랑 초록
파랑 남색 보라
마음속에 간직한
황금 열쇠 꺼내어

무지개 대문
일곱 꽃 방을 열고
하늘에다 숨겨 놓은
소중한 꿈들을
잊지 말고
꼭 기억하렴

둥근 씨앗

사과를 먹으면
사과 씨가 들어있고

배를 먹으면
배 씨가 들어 있다

내가 먹어 본 과일들은
다 씨가 들어 있다

내가 본 꽃들도
다 씨가 꽃 안에 들어있다

많은 과일들은
많은 꽃들은
둥글게 둥글게
예쁜 열매를 맺는다

둥글게 둥글게 살자
삶의 열매가 아름답게

맺으려면 살면서
하늘처럼 하늘 바라보며
둥글게 살자

연기 2

굴뚝에서
모락모락 솟아오르는 연기는
기억의 맞춤이다

땔감의 종류에 따라
연기의 색이 다르니
낙엽 태우느냐
생솔가지 태우느냐

회색연기냐
시꺼먼 먹구름 같은 연기냐
먹물같은 연기가
하늘로 솟구칠 때
남이 볼까 봐 두렵다
연기는 거짓말이 없다

외양간 옆 모락모락
솟아 오르는 모깃불은

되새김질하는
소의 평화스런 자장가

굴뚝에서 연기들이
기도 하듯 올라가고 있네
나른한 봄날 하늘에서
부르는 아지랑이처럼

앵두의 하소연

흙담 뒤
앵두 붉게 익었다며
맛있다고
참새가 짹짹 거렸다

앵두는 앙앙 깨물며
먹고 싶은데
흙담속에 토종벌이
숨어 살아서

얼씬도 못하고
참새들만 찍어 먹느라
오르락 내리락

긴 참대미 가지고
훠이 훠이
앵두 다 따먹지 마

바닷속에는

바닷속에는
하늘이 하늘하늘 들어 있다

바닷속에는
개울물이 여울여울 들어있다

바닷속에는
강물이 출렁출렁 들어있다

바다는 썰물과 밀물로
서로 사랑하며 살림을 한다

바다를 비우는 썰물
바다를 채우는 밀물

생명의 바다는
파도를 쥐어 짜면서
청소를 한다

느티나무 어른

할아버지의 할아버지가
제일 아끼셨다는
느티나무

아버지의 아버지가
제일 아끼셨다는
느티나무

마을 한가운데
자리 잡고는
나라에 큰일이 날 때 마다
느티나무는 흐느껴 울고
마을의 크고 작은 잔치에는 현수막이 달렸다

아이들이 숨바꼭질 할 때
느티나무 속에 들어가 숨었고
반딧불이도 수시로 드나들었다

배고픈 도둑들도
숨겨주는 사랑의 느티나무

난리 때 인민군 군사도
숨겨줬다는 느티나무는
마을의 제일가는
어른이시다

나를 깨우는 소리

종이 울린다
벨이 울린다
싸이렌이 울린다
알람이 울린다

땡 땡 땡
교회에서 새벽마다
울리던 그종소리

벨소리가 울린다
싸이렌이 울린다
알람이 울린다
모두 다 들으라고
울려 퍼진다

소리가 소리를
이어잡고
은은하게 울려 퍼진다
사람마다 갖고 있는

약속같은 소리가
울려 퍼지고 있다

산꼭대기에 올라

산에 가면
높은 산에 올라가면
산은 산끼리
어깨를 맞대곤
등끼리 기대고
한몸 이루었다

가쁜 숨 몰아쉬며
야호 소리 지르면
야호가 나와서
대답을 한다

높은 산
꼭대기에서
높은 사람이 된다

마음도 넓어지고
모든 것이 상쾌하다

높은 사람이 되려면
높은 산으로 가자

산을 가지고 와서
산을 품고 살자

나와 늘 함께하는
산 산 산

콩콩 술래

햇볕 좋은 날
엄마 아빠가
앞마당에
콩다발을 펼쳐놓고
몽둥이로
콩타작 한다

타닥타닥 몽둥이
맞고 콩꼬투리 벌어지며
예쁜 콩 가족들이
답답하다며 튀어 나온다

답답하던 참에
세상 구경이라니 데굴데굴
살판났다며 데구르르
마당 벌어진 틈으로
콩들이 콩콩콩 숨는다

날카로운 꼬챙이로
숨은 콩들을 꺼낸다
콩콩콩 또 어디 숨었니
또 어디 숨었니
콩콩콩 어디 숨었니

귀에 붙어 있는 눈

시각 장애인
박씨는 눈이 귀에 붙어 있다
졸졸졸 흐르는 물소리에도
귀를 쫑긋하며
참 아름다운 개울물이라고
소리치고

향기짙은 꽃밭을 지날 때
아름다운 꽃들이여
코를 벌름거리며
귀를 바짝 대본다

보이지는 않지만
들리는 소리로
아름다운 바람소리를 가늠한다
사랑하는 목소리로
그녀의 모습을 본다

박씨는
목소리로 아버지의 주름살을
어머니의 흰 머리카락을
귀눈으로 세고 있다

염소의 걱정

간사지 뻥 뚫린 길
신나게 달리면
모심은 논에서
개구리 울음소리
개골 개골 들리고

제방 뚝 풀 뜯던 염소
겁 없이 달려오네

저전거 자전거
천천히 달려
염소 줄에 바퀴 걸리면
따르릉 따르릉 끽!
조심해 큰일 나
염소는 주인님 아니냐고
음매 음매~

연꽃

못 속에 못을 만드는
동그란 연잎
장대비 받기를 수 차례
빈 구멍 수렁을 뚫어 꽃대 올렸다

자 보라
물 속에서 꽃이 피어나기에
바람이 숨을 멈추네
진흙 속 실 뿌리의 박동 소리에
나의 심장이 멎는 것 같네

아기동자 되비치는 이슬방울
연잎 두드리는 목탁소리
시름과 아픔의 탁한 속에서도
대롱에서 빨아올리는
환생의 미소
부활의 의미 연꽃 보고 알았네

이슬

이슬은 가볍지
영롱하지
잎새 위에 앉은 이슬은
잎새의 길동무이지

새벽에 별들이 뿌려 준
이슬 방울들
연꽃 피우는 소문난
영양제들이지

별님들이 썰어서 뿌려놓은
이슬방울은
고양이도 함부로
밟지 못하지

하늘에서 뿌려주는
풀잎들의 영양제
반짝반짝 빛이나는
맑고 영롱한 구슬

갈매기의 단합대회

만년을 생각 하자니
잠이 절로 안 오겠다

만리까지를 살피자니
눈이 절로 뜨이겠다

천리포 백리포 십리포에 살고 있는
갈매기를 불러
가끔 단합대회라도 열어야만 하겠다

'젊어져야 해'
'일어서야 해'

만년까지 푸르러야 하니까
만리까지 흔들어야 하니까

파도리 사랑

파도리에는
파도의 바람 따라
파도가 파도를 낳고 있다

파도의 가족을
한 눈으로 볼 수 있는
서해안의 끝자락
태안반도 파도리

등 푸른 생선과
알 실은 꽃게는
품속에 감춰두고
오다가다 누워서
안고 싶은 푸른 하늘

쌀알 콩알 강낭콩 알밤 도토리 솔방울 능금 또한 깨알 같이 드러낸 설화가루 새금파리 백사장 파도의 사리를 새록새록 쌓아놓고 그리움의 거울을 안으로 들여다보며 갈매기의 날개로 손짓하고 있다

아직도 설레임의 눈동자로 바짝 다가오는 푸른 날개의 파도 탁 트인 가슴 안고 사랑하는 사람아 묻고 싶구나

만리포 예찬禮讚

풍정風情한 바다가 젊음으로 춤을 춘다
영해領海와 공해公海를 낚아채어 꿈과 낭만이 연출 되는
만이랑 맑은 물결 거울 같은 바다여

반세기 동안 화장하지 않아도 고운 천혜天惠의 자연
백사장 금빛물결 은빛 도포자락 펼침이여
솔바람 다독이는 햇살 먹은 모래알 황금 꽃 수술

등대자락 불꽃 멀리 만선의 깃발 함성소리 들려오고
하늘에서 내려온 듯 언제나 새로운 얼굴로 다가오는
그 끝없는 자유를 향한 푸른 날개의 비상飛翔을 보라

바다의 속 깊이를 거실처럼 찬찬히 걸어 갈 수 있는
바다의 백사장을 두루마리 하여 껴안아 볼 수 있는
바다의 속살 냄새를 소록소록 체험 할 수 있는

풍요한 먹을거리와 오고가는 인정 속에
어울림의 한마당으로 흐드러진 바다의 보금자리
만리포 내 사랑 서해안에서 큰 꿈을 웅비雄飛하고 있네

제4부

우리는 그 바다로 가야만 한다

우리는 그 바다로 가야만 한다
눈 귀 열어 놓고 화안하게 반기는
서해안 만리포 생동하는 신천지로
하늘이 내려와서 등천하는 그 바다로

우리는 그 바다로 가야만 한다
갈매기가 사라지고 종달새가 자맥질하며
달빛이 솔바람 향기 물고 토악질 하는 밤
만리향 천리향이 둔덕을 넘는 그 바다로

우리는 그 바다로 가야만 한다
길 모르는 사공들이 노를 저어 헤맬 때
쌍무지개 환히 떠서 길을 밝혀 주는 그곳
연등에 불을 지피던 황홀하던 그 바다로

우리는 그 바다로 가야만 한다
젊음과 낭만이 연출되는 향연이여 노래여
너른 수평선에 영원히 자랄 씨앗하나 심어 놓고
금빛은빛 만리성을 쌓고 단꿈을 꾸는 그 바다로

던지는 말들

만리포에서는
파도가 시를 쓴다

영원히 죽지 않을
심혼을 짜내면서
만년까지 빛날
만리까지 펼쳐나갈
파아란 시어

만리포에서는
파도가 그림을 그린다

바람 붓을 갈매기의 부리로 물고
만리까지 색칠하더니
만년까지 빛날
생동하는 그림

만리포에서는
파도가 청년들을 부른다

꿈이 가득한 자
희망이 부풀은 자
각자의 키를 붙잡고
부서지는 포말을 향해
흰 기린 마처럼 따라 오란다

만리포에서는
바다가 노인들을 부른다

기쁘고 슬프고 외로울 때
마땅히 찾아와서 풀고 가라며
사철 처얼썩 가슴 처얼썩
신의 얼굴로 마주 대하니
인생 무상함이 끝간 곳 없구나

시나리오

저녁노을이 불콰하게 술 한 잔 멕일 즈음 용새골 원청리에서 취나물을 뜯어먹던 토끼는 서해 용궁에서 날아온 약 처방을 전달받고 몽대포구를 출발하여 야삼경 등대 불 깜박거리는 모항포구에 이르렀다

만리포구 절벽에 피어난 새벽이슬 머금은 동백 한송이 천리포 식물원에서 자라는 순 토종 육 쪽 마늘 한 뿌리 만리포 백사장에서 아침 햇살 되비치는 금빛모래 한 자루 솔바람 길 나있는 모래등성이에 생선 비늘 한 됫박 해송 나무 갯냄새 송진 들어 있는 솔방울 한 항아리 약재 상자에 싸들고 바람을 빗질하며 골 깊은 파도에 미끄러지며 용궁 속으로 들어가는 토끼와 거북

황톳물보다 더한 인간들의 기름때, 낚시 수류탄, 그물 감옥창, 바다를 말살하려는 미사일 시험, 스티로폼이라는 흰 싸라기 번지는 탄저병 같은 괴질이 바다의 온몸을 떠다니는 요즘 신종 피부병에 걸려 용궁나라 공주님이 고생한 지가 일년이 넘었는지라 하루는 용왕님이 이상한 꿈을 꾸는데

하늘에서 울리는 듯한 천둥소리 '네 딸을 구하려거든 서해안에서 자리 잡은 태안반도 만리포에 가서 약제를 구하 거라 그곳은 내가 친히 만들은 인간들의 해수욕장으로 매우 아름다우니라 나도 그곳에서는 어느 것도 눈을 찔끔 감느니라 인간 마음 병 고치려는 사람들이 어디 하나 둘 뿐이랴 대대손손 영구히 바다의 명약을 그곳에서 구 할 수 있으리라 이른바 인간들의 꿈과 낭만이 영원토록 이루어질 곳 이니라'

수평선 연가

그대여
그 무엇이 당신의 품안으로 달려오게 만듭니까?
저 너른 수평선에 생명의 사금파리 반짝이기 때문입니까?

그대여
또 무엇이 당신을 그토록 기리게 만듭니까?
등대 불 깜빡이는 십자로에서 파란 연등하나 가슴속에 달아주기 때문입니까?

그대여
그 무엇이 당신의 가슴을 출렁이게 만듭니까?
파도치는 굽은 등에 연꽃자락 매달려 소라의 나팔소리로 들려오기 때문입니까?

그대여
그 누가 당신을 그토록 잊지 않게 만듭니까?
영원한 향수의 해조음 타는 소리가 서해안의 불사조라 믿고 있기 때문입니까?

그대여

그 누가 당신을 그토록 아름답게 만듭니까?

바다가 만든 초록 꽃 덩어리 모래 꽃 수술 그 향기에 솔바람도 길을 잃고 말았습니다

소금의 노래

몸 전신이
땀방울 흘릴 때면
느낄 수 있느니라
짠 땀방울이
아름다운 꽃임을

바닷물 끓여
짓이겨 말아 올린 너의 꿈
세상사는 양념이니
싱거운 세상
세상 짠맛의 잣대로 소독하여라

바닷물 출렁출렁
갈매기 서럽게 울어대며
폭염의 땡볕 아래
태양 빛으로 매질하면

기적처럼 피어나는
새 생명의 하얀 꽃

이 땅에 감초 되어
뜨겁게 산화하리

뜨거운 가슴속
목마르게 불타던 사랑
하얗게 사리되어 맺혀지리

여덟 잎 순정

가을의 고향을 떠나
삼복 더위에 태어났어
믿는 건 여덟 잎 순정
오롯한 사랑하나 기다리는 맘
목늘림의 아량으로 하늘하늘 피어올랐어

휴식 중인 마파람
나른한 숨길들이
차라리 더 떨리는 심정으로
잉아줄로 감아 올린 목 줄기
하얀 빨강 보라 나비 되어 고추잠자리가 끌고 다녔어

보는 이는 없어도 좋아
사랑에 목 늘려 본 사람들은 잘 알지
여덟 잎 순정으로 기다리는 마음을
귀뚜라미의 소리에 매미의 열린 마음까지
한들한들 아린 춤이여 몸짓이여

불시착

시외 버스 정류장
온다던 그 사람은 오지를 않고
핸드폰도 없는 지금
오오라 불켜진 공중 박스
다이얼을 돌리면서
반가운 사람 나타나기를 기다린다
(밤중에 전화 거는 내가 잘못이지)
금속성 신호음만 따르릉 따르릉
담배 한 개비가 다 타들어 가네

방부제가 필요해

세상은 소금 같은 사람 필요하다네
등대 불 깜빡이며 잘 갔다 오라고
낙지가 먹물로 글씨를 쓰며
새우가 허리 굽혀 인사를 하면
소라는 나팔을 불어 댔지

출렁출렁 고향 땅 벗어나
인가마다 맛 자랑
보고 싶다 나온 세상
참 싱거운 사람들이
속은 찌들어

들숨 날숨으로
해대는 말들
세상은 맵든지 짜든지
다 당신만은 아니라며
쓰레기 더미
오폐수 공장
독미나리 하나 오기를 품는다

생명이 없는 늪지대에서
하루살이 한 마리
나처럼 살란다

바람 타고 천리 길 달려
먹구름을 시켜
정화하려는
원인자의 어려움 아는가
이제는 소금을 뿌려 달라
어디에도 썩지 않는 사랑으로
사철 푸르게 노래하는 생명의 씨를
이 땅위에 뿌려 달라

산후리 남자의 요람

백화산이
보물처럼 숨겨둔
자연마을

냉천골을 넘어가면
자연으로 빠져드는
추억의 옛길

산야초를 거름 삼아
익어 가는 태양고추
솔바람이 골목마다
속삭이는 곳

냇물에 헹구고
햇살에 베이고
바람결에 빗기고
삽짝을 활짝 열어 논
병풍의 한 폭 같은
오순도순 삶 동네

백화산 뒷자락
자연으로 정화되어
숨쉬는 마을
떠나가서 더 생각나는
멀어지면 되돌아보는
내 유년의 요람지

청개구리 천지

흙을 떠나서는
생각을 못 해본 박 영감
허리 갈퀴 되도록
논바닥 긁어
배고픔 면해 왔는데
이제 쌀 남아 돌아가니
논을 묶이고
맘껏 휴식하라네

고용살이 일 년 만에
삯으로 받은 송아지
얼씨구나 좋구나 최영감
허연 머리칼 되도록
말뚝으로 박히어
목장으로 일구니
이제는 우유 남아돌아
정예화 된 젖소 몇 마리
도태시키라네

하나 낳아 잘살자
둘은 너무 많다
선진국들 본받아라
경제 대국 되려면
어쩔 수 없다네
이제 고고의 울음소리
우렁차게 들리거든
철옹성 같은 행복을
보장해 줘라

바닷물 막아
식량증산이라더니
어족들 다 죽이고
피해어민 쫓겨났네
이제 또 그 땅위에
무슨 꽃이 필 것인가
천지 개벽 꽃
누구라도 보기 좋게
꾸미시기를…

백화산 사랑

태안을 평안하게 바라보자니
황토 흙은 모자라서 큰 바위라네
높지도 낮지도 않은 마음 우람한
마음속에 든든한 장군과 같은
큰 바위 얼굴에 자상한 모습
천년을 숨쉬어도 변함이 없네
청이끼 설해 목에 부는 바람도
마애불 삼존불상 미소에 녹고
서해의 낙조 위에 머무는 서기
웅혼한 전설 따라 모여드는 곳
태을동천 감모대에 달이 밝으면
봉황들이 날아와서 깃을 치던 곳
느티나무 아름드리 속을 비우고
풍경소리 한아름 속으로 넣어
세월의 덩어리를 잎으로 피웠네
동백의 붉은 입술 향기 짙음은
뿌우연 안개 속에 넘치는 수액
사시사철 운기 넘쳐흘러 내려라
태안을 평안하게 바라보자니

여니 흙은 아니 되어 큰 바위라네
돌 같은 심장 위에 자상한 바위
그 이름도 유명한 태안의 진산
뜨거운 사랑만 가득 하구나

아직은 더 구르고 싶은 타이어

오대양
육대주
끝간데 없는 길
아직은 마음껏 달리고 싶다

라벨을 붙이고
세상을 누비던 날
기쁨 환희 설레임
세월의 두께
신제품에 밀리어
밀려나는 안타까움
아직은 차고 넘치는 힘
주체할 수 없어
원으로 맴돌다
야적장에 내던져진 쓸모 없는 원형이여
끝내는 한 많았던 고백까지
훨훨 타오르는 화장터
한줌의 재가 되고 마는가

어느 별이 총총 빛나며
그림자 같이 따라 오던 밤
천리 길 질주하여
기다린 손님
꿈에서 반기던 날
변치 말자던 약속 생각나서
폭발하는 엔진소리
새 주인을 만난다면
달창이 나도록
새 희망을 달리리라
새 생명을 살리라

어느 도회에서 배회하는
실직자의 가슴처럼
간이역을 터치하는 바람처럼
이직은 더 구르고 싶은
타이어의 욕망들

타이어를 고르는
아직은 더 일하고 싶은
노동자의 눈에서
열리지 않는 새벽 문을
밀어 젖히고 있다

감꽃 사랑

감나무 아래
강낭콩 꽃은 일찍부터
감꽃을 좋아했구나

감꽃을 향한 일념은
바람 중매쟁이를 통해
합방한 여름 한나절

매미는 가슴을 열어놓고
열린 축가를 불러 주었지

강낭꽃 혼을 심은 감꽃은
공중에 매달아 논
떫은 자식들 위하여
암갈색 왕관 벗어버리고
강낭꽃 꼬투리에서
모닥불 사랑으로 피워 올랐지

머잖아 강낭콩 닮은
붉은 불덩이들이
이 마을에도 붉게 물들일 것이라는
믿음 속에서
한 줌의 재가 되어
감나무 주위를 덮는구나

송편을 빚으며

추석 전날
가족식구들이
다 모여 앉아서
달덩이 된 얼굴로
풋콩 깨 알
밤을 말아 넣고
송편 빚을 때
휘영청 달빛이 창가에 물들고
뒷산이 바짝 다가와서
자연노래 들려준다
창문을 활짝 열어 젖히면
달님은 두둥실 다가와 엿본다
(힘이 들었지 공부하느라 직장에 다니느라)
아버지의 말씀이 어머니의 미소가
월광처럼 쏟아져 눈이 부신 밤
(아니요 아니요)
상하나 가득 빚어놓은
송편 위에 보름달이 편안하게
내려앉아서

기분 좋은 시식을 하고 있었다
포동포동 살이 찌고 있었다

지나간 건 다 그립다

지나간 건 다 그립다

돌아오지 않은 것은 더욱 그립다

지나간 젊음이 그렇고

말하지 못한 첫사랑이 더욱 그렇다

내 나이 백발 되어도

변하지 않을 사랑, 그리움

문

마음의 문은
너무 넓어서
이 세상 환하게 다 보인다

마음의 문은 하도 작아서
미동 없는 바람처럼 형체가 없다

마음의 문
활짝 열어서
이 세상을 다 보자

아무리 큰 우주라도
내 마음 안에 있다

쓰레기 줍는 별

쓰레기를 줍는
쓰레기 인생
리어카와 동무하며
새벽과 친구하며
쓰레기 더미를 치운다

단잠 자던 도둑고양이
눈에 파란 불 켜고 야단이다

외로운 가로등하나
불나비들 모여들고
새벽교회 가는 사람들
도란도란 속삭인다

쓰레기 인생은 즐겁다
남들이 싫어하는 일
쓰레기 봉투 치우며
흘리는 땀방울
어디 아침 운동에다 견줄 일인가

스스로 생각하며
잘못 버린 음식물 분리수거 하느라 정신 없다
얼마나 시간이 없었기에
이해하려는 마음
멀리 떠오르는
햇살처럼 충만하다

몰래 지켜보던 별 하나가
지구의 밝은 별 같다고
따라 다니며 웃고 있다

당신

산에 사는 메아리로

절에 사는 풍경소리로

하늘 향해 허공에

구름 되어 소낙비 되어

당신이름 불러봅니다

만져보세요, 가슴이 뛰어요

만져보세요, 가슴이 뛰어요

만져보세요, 가슴이 뛰어요

만져보세요, 가슴이 뛰어요